OS Dreirosen, Klasse 3a

Herausgeber: Stephan Schmidt

Die Rettung von Mysantis

Eine Fantasy-Geschichte,
von Schülerinnen und Schülern geschrieben

Bibliografische Information der Deutschen Nationalbibliothek:
Die Deutsche Nationalbibliothek verzeichnet diese Publikation in der Deutschen Nationalbibliografie; detaillierte bibliografische Daten sind im Internet über http://dnb.dnb.de abrufbar.

Herstellung und Verlag: BoD – Books on Demand, Norderstedt

ISBN: 978-3-7357-8202-1

Vorwort

Die nachfolgende Geschichte ist eine Gemeinschafts-
produktion der Klasse 3a der Orientierungsschule Dreirosen in Basel-Stadt. Achtzehn Schülerinnen und Schüler
im Alter zwischen dreizehn und vierzehn Jahren haben
mit dieser Geschichte eine Spur im Schulhaus hinterlassen. Beim Planen, Schreiben und mehrmaligen Über-
arbeiten wurde von Seiten der Lehrpersonen darauf ver-
zichtet, Korrekturen und Änderungen vorzunehmen.
Lediglich durch die Auswahl des Aufgabenformats, der
Arbeitsformen und des Arbeitsmaterials wurden Hilfe-
stellungen geboten. Auch durften die Schülerinnen und
Schüler nachfragen, wenn sie sich unsicher waren, bei-
spielsweise ob die von ihnen gewählte Schreibweise
regelkonform war. Ansonsten ist der gesamte Text, so
wie er vorliegt, das eigenständige Werk der Schülerinnen
und Schüler.

Grundstein für die Entstehung ist ein kompetenz-
orientierter Unterricht, aufbauend auf eine prozess-
orientierte Schreibdidaktik und einen strategieorientierten
Rechtschreibunterricht. Die Schülerinnen und Schüler

hatten Übung und Erfahrung sowohl im Kooperativen Lernen als auch in der Projektarbeit.

Als Basis diente das Unterrichtsmaterial „Mysantis" der „Zeitschrift Deutsch 5-10 Nr. 30, 2012: Fantasy entdecken" für dessen Nutzung mit freundlicher Genehmigung des Verlages an dieser Stelle ausdrücklich gedankt wird.

Ebenso möchte ich an dieser Stelle meinem Kollegen Niklaus Kornfeld danken, der mich während der Arbeit mit den Kindern tatkräftig unterstützt hat.
Und natürlich danke ich den Schülerinnen und Schülern für die vergangenen drei Jahre: Ihr wart eine tolle Klasse. Es hat mir oft viel Freude bereitet, euer Klassenlehrer sein zu dürfen. Herzlichen Glückwunsch zu eurer Spur, die ihr mit diesem Buch hinterlassen habt.

Stephan Schmidt
Klassenlehrer

Die Autoren

Kim Deflorin

A.Armend

A. Hasanic

A. Kantaretziev

M. Abraa

Arilon G.

S. Lassiga

Marta Barbosa

C. Jhnia

J. suvedha

Djellza B.

J. Brehm

Himeja K.

y. Hugo

K. Hasan.

Gino

Prolog

Der böse Ritter Karnabon regiert seit hundert Jahren über Mysantis. Überall im Osten lauern seine Kriegerorgas, die ihn beschützen. Die Hälfte der Insel ist schon verwüstet und ausgetrocknet. Das fruchtbare Land ist zur verdorrten Ebene geworden. Nun will er auch die andere Hälfte der Insel zerstören, doch vier tapfere Krieger wollen dies verhindern und opfern sich für diese Mission.

1. Ankunft auf Mysantis

Es war ein sonniger Montagmorgen, als sich eine Truppe von Leuten am Hafen der Stadt traf. Ein grosses Segelschiff hatte dort geankert und viele Leute bestaunten es. Auf einem schwarzen Schild stand in dicker, weisser Schrift „Rettung von Mysantis" darauf. Nun trat Sibilla auf den Steg. Sibilla war eine der vier, die Mysantis retten wollten. Neben sie trat Melina, eine Wald-Elfin. „Gehörst du auch zur Rettungstruppe?", fragte sie und Sibilla drehte sich rasch um. „Ja, ich bin Sibilla", stellte sie sich vor und Melina lächelte. „Ich heisse Melina. Was ist das für ein Stab? Bist du eine Zauberin?", wollte die Elfin wissen. Sibilla nickte. Plötzlich hörten beide eine fremde Stimme „Ich habe Hunger!!!", rufen und blicken sich um. „Gestatten? Lukas. Ich bin ein Kobold.", sagte die Stimme. Melina blickte nun auf den einen Meter kleinen Knirps, der beide Mädchen angrinste. „Hallo…Lukas.", stockte Sibilla nun und Melina stellte die beiden vor. Alle drei liefen nun in Richtung Steg und wollten das Boot betreten, da stand jemand Lukas auf den Fuss. „Autsch!", schrie dieser, daher drehten sich Sibilla und Melina um, doch als sie sahen,

Sibilla

wie gross die Person war, und wie sie aussah, die Lukas auf den Fuss stand, schrien beide. "Ist das etwa ein Zyklop?", fragte die Wald-Elfin immer noch total geschockt. Lukas starrte auf das Auge des Zyklopen und nickte. „Ich heisse Hans.", sagte der Zyklop, doch sofort drang Gestank aus seinem Mund. Ein Geruch wie Knoblauch. „Du machst auch mit bei der Rettung von Mysantis, oder?", war das einzige, was Lukas entgegnete. Hans nickte und alle gingen an Bord. Die Menschenmenge hatte sich wieder verzogen. „Kann jemand von euch Boot fahren?", stellte Sibilla die Frage und Melina nickte. Das ganze Essen war schon aufs Boot geladen worden, somit ging Melina in die Steuerkabine und betrachtete den Raum. Es gab ein grosses Fenster, ein hölzernes Steuer und einen Kleiderhaken. Hans löste den Anker und Lukas sagte Melina, sie könnte starten. Sibilla suchte nach einer Schlafkabine. Als sie eine Kabine fand, staunte sie nicht schlecht. Es enthielt ein riesiges Bett mit einer Leiter, einem Nachttisch aus Eichenholz mit Kerzen. Sie öffnete das Fenster und sofort wehte Wind ins Zimmer. Sibilla sog die Luft ein und genoss den Salzwassergeruch, der ihr in die Nase stieg. Alle freuten sich, Mysantis retten zu dürfen, doch auch.

Melina

die Angst der vier war spürbar. Die Wellen klatschten nur so gegen das Schiff und der Wind blies gegen die Segel, das war gut. Lukas und Hans unterhielten sich über ihre Vorstellung der Insel und Sibilla probierte Melina beim Steuern zu helfen, langsam wurde es Abend.

Kleine Wellen schwappten an das Schiff und versetzten die vier Abenteurer in eine angenehme Stimmung. Hans war es leid da zu sitzen und sich gegenseitig unsicher anzusehen, also fing er einen Dialog an: „Hey, Fröschchen welche ist deine Waffe?" Lukas starrte den Zyklop wütend an, „Nenn mich nicht so! Du bist schliesslich auch grün!" Melina kicherte belustigt, dieses gezicke erinnerte sie an zu Hause, da sich ihre Brüder ständig stritten. „Welche Waffe?", wiederholte Hans, den das Gelächter anscheinend nervte. „Eigentlich alle, aber zu diesem einen Abenteuer, von vielen, eine Keule." blaffte der Kobold und plusterte sich auf. Seine Keule war länger als sein Arm und hatte viele kleine Zacken. „Seit wann ist Mysantis von Karnabon übernommen worden?", fragte Hans. „Seit hundert Jahren!", antwortete Sibilla. „Ist er stark?", wollte Hans wissen. „Ja, noch keiner hat ihn je

Lukas

besiegt." „Aber wir müssen es schaffen. Das ist unsere Aufgabe", stellte Hans fest.

Sibilla, die den Job als Steuermann übernommen hatte, verdrehte die Augen, während der Einäugige bewundernd nickte. „Seid still", Melina starrte auf die untergehende Sonne, die den Himmel in Regenbogenfarben färbte, „und geniesst den Sonnenuntergang." Lukas schlug seine braunen Augen auf. Vor ihm stand der Mond in seiner ganzen Pracht. Er drehte sich auf die linke Seite und erblickte das fein gekleidete Mädchen. Melina. Der Kobold konnte immer noch nicht verstehen wieso sie mitgekommen war. Sie konnte doch nicht einmal kämpfen! „Was guckst du mich so an?" Lukas erschrak als er die Worte der Elfin, die ihn nicht einmal anblickte, hörte. „Woher…", doch Melina unterbrach ihn. "Die Möwe neben dir hat es mir gesagt". Sie drehte sich um und sah Lukas in die Augen. Er hatte zwar die Möwe neben sich gehört, aber nicht geahnt das der Vogel mit der Heilerin sprach. Plötzlich veränderte sich Melinas Gesicht von friedlich zu beängstigt. Sie sprang auf und schrie voller Panik: „Sie schreien! Sie alle schreien! Wir werden…", ein heftiges Rütteln unterbrach das Mädchen, das nun auf den Boden gefallen war. „Wir

Hans

sinken". Hans rannte zum Steuerrad. Sibilla blieb stehen und sah ihn hilflos an, zu müde um etwas zu sagen, zu erschöpft um etwas zu sehen stand sie da und taumelte von einer Seite zur anderen. „Springt! Springt ins Wasser!", Melinas Anweisungen endeten mit einem grossen „Platsch!" Die restlichen drei waren gleich danach schon neben ihr im Wasser. „Wir sind sowieso schon da", brummte Hans und deutete auf die Insel, die sich vor ihnen erstreckte. Geradeaus schwammen sie, bis sie endlich Sand unter den Füssen zu spüren bekamen. „Aaaauuah!", Lukas sprang im niedrigen Wasser auf einem Bein wild herum und jaulte klagend. „Seeigel", murmelte die Elfin grinsend. Wenigstens machte das Geheul gute Laune bei den Abenteurern. Doch den Kobold, der sich vom Stich ein wenig erholt hatte, beschäftigte noch eine Frage, „Melina, kurz bevor das Schiff gegen den Felsen prallte, sagtest du ‚Sie schreien!' Wen meintest du?" Die schwarzhaarige Elfin drehte sich um und sah Lukas mit ihren himmelblauen Augen an. Schliesslich meinte sie: „Die Fische". Doch sie bemerkten, dass sie ihr Gepäck auf dem Schiff hatten. Da sagte Hans: „Ich werde es holen.", kurz danach sagte Lukas: „Ich komme mit!". Sie gingen in das blau grüne

Wasser und suchten nach dem gesunkenen Schiff. Das Wasser war so dunkel, dass man fast nichts sehen konnte. Sie tasteten sich durch das Meer, doch dann fühlte Lukas Holz. Sie hatten das Schiff gefunden. Sie gingen an die Oberfläche um Luft zu schnappen. „Ich gehe von oben rein, du von unten rechts, okay?", fragte Hans. „Okay", antwortete Lukas. Sie holten noch einmal tief Luft, bevor sie unter Wasser verschwanden. Beide suchten die Kammer, wo die Lebensmittel waren. Sie brauchten ein paar Versuche aber nach einer Weile fand Hans die Kammer, doch er war dort nicht allein. Er spürte wie etwas an ihm vorbei schwamm, doch es war nicht Lukas. Er sah wie eine Gestalt auf das Gepäck zuging. Er kniff die Augen zusammen und sah eine grosse Flosse, es war ein Hai! Hans zog seine Waffe und kämpfte mit dem Hai. Allerdings war der Hai zu stark und hatte scharfe Zähne. Der Hai war einen Meter vor Hans' Gesicht und schnappte wie wild! Plötzlich kam Lukas in den Raum, zückte seinen Dolch und stach dem Hai in das Auge. Sie suchten das Gepäck zusammen, was nicht einfach war durch den Sauerstoffmangel. Sie nahmen das Gepäck und den Hai mit an die Wasseroberfläche und schwammen zurück zum Strand, wo die anderen schon warteten. „Danke, dass du mich gerettet hast.", gab Hans erleichtert zu. Doch irgendwie war er auch genervt, weil gerade dieser kleine Kobold ihm das Leben gerettet hatte. Melina, Sibilla und Lukas freuten sich über den Hai, denn jetzt hatten sie ein Frühstück. Nun traten sie vor einen dichten Wald, dessen Feuchtigkeit die Luft schwül warm färbte.

Nachdem sie ihre Sachen gerettet hatten, beschlossen sie eine Pause einzulegen. Sie sahen einen dichten und üppigen Wald. Sie fingen an zu essen. Sie assen Zwieback, doch Hans wollte nicht Zwieback essen. Da erblickte er Melina, die mit den Fischen sprach. Hans mochte Fleisch, besonders Fischfleisch. Hans kam und nahm einen orangefarbenen Fisch, mit weissen Streifen. Mit der Hand schnappte er den Fisch. Melina schrie: „Nein, tu dem Clownfisch nichts an, sonst kriegst du Ärger mit mir!" „Ach. Meinetwegen ", erwiderte Hans und schmiss den Fisch meterweit ins Wasser. Das Abenteuer hatte nicht mal begonnen, schon hatte Lukas das Pech an seiner Seite. Lukas hörte, wie etwas aufgeregt über ihm flatterte. Dann sah er auf seiner Schulter Vogelhaufen und ärgerte sich. Hans lachte so viel, dass er

Bauchschmerzen bekam. Sie hatten Angst, weil sie nicht wussten, was auf sie zukommen würde. Sie packten ihre Sachen und fingen an zu wandern. Sibilla blickte den Wald von oben nach unten an: „Nun gibt es kein Zurück mehr." Sie führte die Truppe durch den Wald. Schon beim ersten Schritt, bemerkte Sibilla, dass der Waldboden weich und angenehm zum Laufen war. Der Waldboden war feucht, weil es geregnet hatte. Lukas gefiel das gar nicht. Er hasste es nasse Füsse zu haben.

2. Trolle

Als sie bereit waren, gingen sie in den Wald. Sehr viel war mit Moos bedeckt, deshalb war der Boden schön weich. Die Blätter saftig grün und mit Wasser vollgesogen, genau wie die vielen kleinen Pflänzchen am Boden. Doch sie waren noch nicht weit, als Melina die Tiere sich gegenseitig warnen hörte: „Los, schnell weg! Sie sind schon wieder da.". Melina dachte sich nichts dabei. Bei Fremden im eigenen Heim, so dachte sie, würde auch sie weglaufen, da sie sich nicht wehren könnte. Doch es beschäftigte sie weiterhin: ‚Schon wieder' weshalb ‚schon wieder'? Sie waren das erste mal hier! Irgendetwas müsste es hier noch geben. „Solange es uns nicht belästigt, ist es unwichtig", dachte sie und erzählte den anderen deshalb nichts davon. Sie liefen entspannt und betrachteten noch immer den wunderschönen, leuchtend grünen Wald. Eine Weile später aber, schrak Sibilla plötzlich auf: „Was ist denn?", fragte Melina bedenklich. „Da war etwas!", sagte Sibilla noch immer ein bisschen erschreckt. „Ach komm, sei nicht so zimperlich!", erwiderte Hans. Da unterbrach ihn der Kobold: „Was es auch immer war, ob Tier, Insekt oder sonst was. Es ist weg! Also, können wir weiter gehen?"Wir hätten nie anhalten müssen! Und wenn es schon einen Halt gibt, so könnten wir doch zumindest etwas essen. Ich habe langsam Hunger!", grummelte Lukas noch vor sich hin. Sie gingen lange weiter, ohne etwas zu hören. Sie trafen auf einen Stein, flach wie ein Tisch. Sibilla sagte, dass das genau richtig käme. Sie müssten ohnehin wieder einmal einen Blick auf die Karte werfen. Und das geht natürlich besser auf einem Tisch, als auf einem verbeulten Rücken eines Zyklopen. Doch kaum war die Karte ausgerollt, schrie wieder jemand, diesmal jedoch Melina. „Da! Kommt schnell! Ich sah jemanden!", doch kaum waren sie dahin geeilt, hörte man schon wieder jemanden rufen. „Die Karte! Bleib hier du Dieb! Ich bekomm dich schon noch!" Es war Lukas, der dem Dieb hinterher eilte. Er jedoch war zu schnell für ihn. Sie gingen weiter. Melina beschloss Essen zu suchen, denn sie brauchten es, vor allem Lukas, wenn er kämpfen sollte. Lukas wollte Melina helfen und suchte nach Beeren.

Sie war dunkel, fast schwarz, roch nach Seife. Eine komische Beere.

Die Karte von Mysantis

Vor Freude, dass er die Beeren gefunden hatte, ass er
das ganze Gebüsch alleine. Und schon fielen ihm die
Augen zu und er schlief ein. Und ohne ihn zu bemerken
liefen sie weiter. Nachdem sie ein schönes Plätzchen
gefunden hatten, merkten sie, dass etwas nicht stimmte.
„ Wo ist Lukas?", fragte Melina und wunderte sich, dass
er nicht da war. Anstatt zu suchen stritten sie, weil keiner
an ihn gedacht hatte. „Wieso beschuldigt ihr mich?",
fragte Hans.

„Weil du der grösste von uns bist, du müsstest ihn doch sehen.", sagte Sibilla und ging ihn suchen. Müde aber auch wütend waren sie, doch sie suchten ihn und gingen den Weg, den sie gekommen waren, bis sie ein Geräusch des Schnarchens hörten. Sie rannten zu dem Gebüsch und da fanden sie ihn.

Sie versuchten ihn aufzuwecken, doch er rührte sich nicht von der Stelle. Das war Hans zu viel. Da nahm er ihn auf den Rücken und sie gingen zum Lagerfeuer.

Von Lukas' Nase tropfte salziges Wasser auf dem mit Moos bedeckten Boden. Melina war hinter den zwei grünen Geschöpfen und liess Sibilla sich auf ihren Arm stützen. Die Zauberin war besonders müde, sie hatte schliesslich die ganze Nacht das Schiff gesteuert und durch die gestellten Fallen und Neckereien, der unsichtbaren Wesen waren alle zusätzlich geschwächt. Genervt brummte Hans vor sich hin: „Wenigstens darf, oder besser gesagt kann das Fröschchen schlafen, während wir nass und müde, wie wir sind, weiter nach einem geeigneten Schlafplatz suchen." Auf einmal reckte sich Sibilla und murmelte: „Wäre die Wiese rechts von mir, hinter diesen drei Bäumen, nicht geeignet um sich dort nieder zu lassen?" Melina reckte ebenfalls den Kopf und meinte fröhlich: „Ja, ich glaube schon." Als alle vier auf die Wiese traten, sahen sie, dass diese Wiese mehr als geeignet war. Sie war perfekt. Sie hatte sogar eine Grillierstelle. Sibilla schwang den Zauberstab und schon brannte ein schönes grosses Feuer unter den sternen-bedeckten Himmel. Ein weiteres mal schwang Sibilla ihren Zauberstab und die Zelte waren aufgebaut. „Du weisst nicht, wie ich mich freue, dass ich die Zelte nicht aufbauen muss!", lachte Hans der Zauberin zu. Melina scheuchte kurz das Ungeziefer weg, dann sassen sie schon um das Lagerfeuer, während Lukas sich in einem der Zelte wälzte. Hans begann zu summen und bald wurde das Summen zu einem Singen aller drei:

Im Wald da kann`s Gefährlich sein,
doch das macht uns nichts.
Es ist ja noch ein weiter Weg,
doch das macht uns nichts.

Sangen sie das Kinderlied und bemerkten kaum, dass kleine Kreaturen aus den Büschen immer näher an sie heran kamen. Zuerst kamen die Füsse ans Licht des Lagerfeuers – nackte, kleine Füsse, die an den Sohlen vom Klettern dicht und braun geworden waren. Danach

Die Trolle im Trollwald

kurze, gelenkige Beine, die eine braun-blaue Hose aus
Leinen an hatte. Als nächstes der Oberkörper, mit den
kleinen Händchen und Ärmchen. Diese waren mit einem
Pullover aus Blättern und Gestrüpp überzogen und nur
die kleinen Köpfe mit orangefarbigen und braunen
Haaren und kleinen Knollnasen waren frei. Die drei
Abenteurer hielten vor Überraschung den Atem an und
glotzten die Wesen verwundert an, ohne ein Wort mehr
zu singen. „Singt weiter für uns das schöne Lied vom
Wald, singt!", krächzte der Grösste der Kleinen und sah

die drei glücklich an. „Singt!", erklangen nun die Stimmen aller Rotbraunhaarigen. Und das war gut so, denn diese weckten das Dornröschen Lukas. „Macht doch nicht so einen Lärm!", gähnte er und kam aus dem Zelt, na ja er stolperte auf einem Stein und „flog", so zu sagen aus dem Zelt. Als der Kobold mehr, als nur drei Personen lachen hörte, erblickte er die kleinen Geschöpfe, die noch kleiner, als er waren. „Singt!", forderten sie die vier schon wieder auf. „Trolle!", grinste der kleine Grüne und fing an zu singen, worauf die anderen einstimmten und mit-sangen. „Wir sind müde und wir würden jetzt gerne schlafen.", meinte Melina und rieb sich die Augen. „Würdet ihr uns morgen begleiten?", fragte Lukas und jaulte auf, als er auf einen Dorn stand. „Natürlich ihr seid jetzt willkommen.", war die Antwort der grössten Trolle. Und die vier Reisenden schliefen friedlich ein.

Die Trolle nahmen den Weg neben dem Gebirge und verabschiedeten sich von ihnen. Die Trolle winkten zum Schluss noch und dann sahen sie das grosse Gebirge: „Die Adlerschlucht.", Melina staunte als sie die Adler sah. Sie gingen zusammen auf das Gebirge zu und Melina hörte etwas. Die Adler sagten, dass sie dort oben auf das

Gebirge zu gehen mussten, weil sich dort etwas befindet, aber Melina konnte es nicht verstehen. Dann beschlossen sie dort oben hinzugehen. Der Weg war sehr steil, aber sie schafften es gerade rechtzeitig, als plötzlich Lukas stolperte. Doch Hans konnte ihn gerade noch halten. „Pass doch auf!", beschwerte sich Hans. Sibilla bekam Panik, doch dann liefen sie weiter… Melina blieb auf einmal stehen, alle staunten, als sie den Blick von Melina verfolgten. Sie sahen ein halbtotes Tier in der Höhle, nämlich ein Schaf. Melina wurde klar, dass sie es nicht zurück lassen konnte, denn sie mussten es heilen. Hans bewunderte Melina, denn er hatte noch nie so etwas Schönes gesehen, als das Licht um das Schaf flackerte, blickten alle mit bewundernden Blicken auf das Schaf und sahen es lebendig. „Pooah!", staunte Lukas, „wie machst du das?" „Die Heilkunst hat meine Mutter mir beigebracht."

Als sie beschlossen hatten weiter zu laufen, hatten sie gar nicht bemerkt, dass sie auf der Spitze waren. Die Adler krächzten, kreischten und schrien. Melina konnte jedes einzelne Wort verstehen und sie bekam Panik und sah gar nicht, dass alle sie anblickten. Und sie wiederholte die Wörter, die sie verstanden hatte: „Pass auf!",

„Pass auf!" „Pass auf!" Sie starrten alle auf Melina und wussten nicht, was sie machen sollten. Auf einmal kam ein Adler auf Lukas zu und biss und kratzte ihn, Lukas schlug mit den Händen wie wild! Jetzt wussten sie, dass sie nach unten gehen mussten, hier aber war es zu gefährlich.

3. Durch die Adlerschlucht

Graue, kahle Wände erstreckten sich vor ihnen zum Himmel empor. „Schade, dass die Trolle unsere Karte nicht mehr hatten. Ich wüsste jetzt nämlich gerne, wohin wir gehen müssen.", brummte Hans, der sich lieber nicht in diesen Bergen verirren wollte und blickte Melina an. Er fragte sich, ob sie irgendetwas oder jemanden hören konnte, doch die Elfin ging schweigend hinter Lukas und schien zu lauschen. „Mann Hans, pass doch auf, wohin du gehst.", meinte Sibilla genervt, denn der Einäugige war ihr gerade auf den Fuss gestanden. „Entschuldigung", murmelte der Zyklop in Gedanken. „Schaut euch das einmal an!", Lukas stand vor einer gewaltigen Schlucht, die aussah, als ob sie ein riesiger Blitz erschaffen hätte. Sibilla wusste, dass sie sich überwinden musste, um in die Schlucht zu kommen. Alte Erinnerungen kamen in ihr auf: Sie stand in den Bergen, der Himmel war mit einer Decke aus Wolken überzogen. Plötzlich ein Hilfeschrei, von einem Mann – ihrem Vater – und sie stand da und sah in die Schlucht unter ihr, sah, wie ihr Vater von Steinen bedeckt wurde und konnte sich nicht rühren. Dieser Hilfeschrei, dieses beängstigte

Die Adlerschlucht

‚Hilfe', das blieb in ihrem Kopf und wollte nicht mehr raus
und das seit diesem Vorfall vor vier Jahren. Nur jetzt
waren diese Schreie lauter. Sie schüttelte ihren Kopf –
das bildete sie sich wahrscheinlich nur ein. „Melina,
kannst du irgend ein Tier hören?", diese Frage von Hans
brachte Sibilla in die Gegenwart zurück. „Ja, aber…",
Melina hatte eigentlich nicht vorgehabt ihnen zu sagen,
dass die Adler, die sie hörte nicht antworteten, aber wenn
sie selber fragten, würde sie nicht lügen: „Aber sie
antworten nicht." „Wer?", fragte Lukas verwundert und

vergass auf den Weg zu schauen und so geschah es, dass er stolperte und auf die Nase fiel, doch diesmal lachte keiner. „Adler." Melina zitterte vor Angst, das war ihr noch nie passiert. Immer hatten ihr die Tiere geantwortet, ausser jetzt. Ausgerechnet jetzt! Nun war die Angst ihr Gefährte in den Bergen und begleitete sie ungebeten überall hin. Hans setzte als ersten einen Fuss auf den kalten Steinboden, auf dem sie nun eine Weile gehen mussten. Nun kam auch der kleine Kobold auf den Bergpass, gefolgt von der verängstigten Elfin und zuletzt auch Sibilla, der ein Schauer über den Rücken lief, als sie auf das kalte Gestein trat. Die vier gingen nun durch diese kalte Schlucht und wurden von Angst geplagt, die meisten wegen der Adler und die Zauberin, wegen der Schreie, die sie verfolgten. Langsam schritten sie zwischen den zwei Wänden, die sie zu zerdrücken drohten. Die Luft knisterte vor Anspannung und liess alle schweigen. Melina spürte es, irgendetwas lies die Adler sie ignorieren oder ignorierten sie sie etwa nicht, sondern folgten sie einem Befehl, nichts zu sagen? Das wurde ihr nun verschwiegen und dagegen konnte sie nun einmal nichts tun, ausser zu zittern und zu hoffen. Da standen sie vor einer riesigen Schlucht. Alles war düster und dunkel. Die einzigen Lebewesen, die sie sahen waren Adler. Melina versuchte mit ihnen zu reden, doch kein Ton ausser dem Flattern der Flügel war zu hören. Alle hatten Angst, die Knie zitterten. Keiner getraute sich hinunter in die Schlucht zu gehen. Es war ein steiniger Weg. Es war sehr feucht, es schneite schwarze Schneeflocken. Sie gingen langsam hinunter, doch dann hörte man: „Aaaah!"

Alle blickten sich um und sahen Lukas schreien. Sie hatten sich erschrocken und wussten nicht was sie tun sollten und bekamen Panik. Melina sah plötzlich einen Vogel auf sie zukommen und hatte beschlossen mit dem Vogel zu reden und sagte zu ihm: „Bitte hilf Lukas. Du solltest ihn hoch bringen." Der Vogel blieb eine Weile stehen und wusste danach, was er tun sollte. Dann konnte der Vogel, Lukas gerade rechtzeitig noch auffangen. Lukas gab einen kleinen Schrei von sich aus. Alle sahen Lukas vor sich. Sibilla sagte gerade, als Lukas sie anstarrte: „Geht's dir gut?" Lukas starrte sie an, als sie Angst hatte, weil Lukas gerade auf sie zu kam. Sibilla konnte gerade rechtzeitig Lukas aus dem Weg gehen und Lukas stolperte nach vorne. Hans lachte, doch die anderen schwiegen. Lukas wurde wütend und immer wenn er wütend wurde, wurde er rot, wie eine Tomate. Hans lachte sich zu Tode als die anderen auch anfingen zu lachen. Lukas wurde wütend, weil er runter gefallen war und rot wurde, aber er lachte trotzdem. Melina beschloss, dass sie weiter laufen sollten. Auch wenn der Weg steil war, liefen sie weiter. Sie liefen an den Höhlen vorbei und sahen den Schatten einer Gestalt. Lukas fragte, ob jemand da wäre. Er bekam keine Antwort, doch Melina sah weitere Schatten, die sich bewegten. Sie beschloss auf die Höhle zuzugehen. Plötzlich kam eine Person aus der Höhle heraus. Hinterher kamen weitere Personen heraus und liefen auf die Gruppe zu. Sibilla überkam die Angst. Sie spürte, wie sie anfing zu zittern. Die Räuber kamen näher und wollten die Tasche nehmen, die Hans in der Hand hielt. Der grösste roch das Essen, welches sich in der Tasche befand. Lukas wollte den Räuber mit seiner Keule schlagen, doch der Räuber nahm ihm die Waffe aus der Hand. „He, was soll das?", fragte der Kobold empört. Sibilla trat zu Hans und wollte die Tüte mit dem Essen nehmen. Sie stach dem Räuber mit ihrem Dolch in die Hand. Der Räuber schrie auf und betrachtete seine blutende Hand. Allerdings wollte er etwas zum Essen und wich nicht zurück, sondern ging wieder auf die Truppe zu. „Was wollen diese Räuber von uns?", fragte Hans. Lukas zuckte mit den Achseln und machte einen Schritt nach hinten. Der Wind blies allen um die Ohren. Die Adler kreischten wieder und berichteten Melina, dass dies Räuber waren und nur etwas zum Essen haben wollten. Melina verstand es und sagte es den anderen, welche nun ihre Waffen zurücklegten. Sibilla holte nun Zwieback aus der Tasche und wollte es den Räubern geben. Einer der Räuber trat hervor und wollte das Gebäck entgegen nehmen. Er betrachtete das Zwieback Stück in seiner rechten Hand und roch daran, das zeigte, dass er es nicht kannte. „Komm schon", sagte Sibilla, „ist jetzt gut. Du kannst das essen." Der Räuber vertraute ihr und biss ein Stück ab. Es schmeckte ihm gut und er sagte es den anderen Räubern. Kurz darauf hatte jeder Räuber ein Stück zu Essen in der Hand. Sie fragten nach Wasser und Hans suchte die Wasserflasche. Er gab sie einem kleineren Räuber zum Trinken. Auch er bedankte sich und Hans sagte: „Und nun bringt ihr uns zu der Brücke am Fluss." Der kleine mit der Wasserflasche nickte, gab Lukas die Flasche und lief voraus, während die anderen ihm folgten. Der Weg führte durch viele Felsen, welche ziemlich spitz waren. Nach einer Weile wurde Lukas ungeduldig und fragte: „Wie weit ist es noch bis zum Fluss?" Der Räuber, der die Führung übernommen hatte, zuckte mit den Achseln. Auf einmal sahen sie die Adler von den Felsen wegfliegen. Die Elfin schlug vor, dem Adler zu folgen. Die anderen willigten ein und somit folgte die Gruppe den schwarzen Adlern. Plötzlich landeten die Adler auf einem umgestürzten Baum. Hans fragte sich wieso, doch dann sah er eine Brücke von weitem. „Ich denke es ist Zeit um Abschied zu nehmen. Den Rest schaffen wir alleine.", sagte der Zyklop. Die Räuber nickten und fragten, ob sie noch etwas Wasser trinken dürften. Sibilla stimmte zu und reichte dem Räuber die Wasserflasche. Danach verabschiedeten sie sich und die Truppe machte sich auf den Weg zur Brücke. Sie hörten schon das Rauschen des Flusses. Doch das Wasser war schwarz und giftig. Sie blickten hinauf und sahen die Brücke. Doch um sie zu erreichen, mussten sie einen kleinen Weg wandern. Lukas beschwerte sich ständig und ging den anderen auf die Nerven: „Ich habe Hunger!" Der Weg den sie wanderten war steil und steinig. Die Steine waren grau und düster wie der Rest der Schlucht. Sie kamen oben an und erblickten die wacklige vermooste Holzbrücke. Auf der anderen Seite war nur verdorrtes Land, keine Pflanzen und keine Tiere, nichts.

„Haben wir denn überhaupt genug Essen?", fragte Melina besorgt. „Ich habe noch eine Handvoll Beeren."

„Ich habe noch ein paar Zwieback.", antworteten Hans und Lukas. „Ich habe noch ein kleines Stück Haifleisch.", sagte Sibilla. Sie waren alle erschöpft und wussten nicht weiter. Sie waren völlig ratlos. Lukas schrie immer wieder: „Ich habe Hunger!". „Wir haben auch Hunger!", schrie Hans zurück.

„Benehmt euch nicht wie kleine Kinder, reisst euch zusammen!", sagte Melina genervt von dem Geheule.

„Lasst uns einfach weiter gehen", schlug Sibilla vor. „Von mir aus.", stimmte Hans zu. Sie standen alle noch da, keiner wagte es über die wacklige Brücke zu gehen. Durch die Stille sagte Lukas: „Ach, scheiss drauf." Er ging langsam über die Brücke, doch während er dies tat, machte die Brücke abartige Geräusche. Quuieetsch. Lukas hielt sie an den sehr alt aussehenden Seiten die als Sicherung dienten. Schritt für Schritt kam er langsam vor an. Immer nach einander kamen auch die anderen über die Brücke. Sogar Hans, was bei seiner Grösse sehr überraschend war. Und da standen sie, vor Kilometer langem, verdorrtem Land.

4. Die verdorrten Ebenen

Die vertrocknete Wüste brachte die vier Abenteurer fast zum Verdursten, denn die heisse, trockene Luft kratzte in ihren Kehlen und machte die Hitze unerträglich. Ihre Füsse brannten und Lukas beschwerte sich alle fünf Minuten über seinen Durst. Sie machten eine kleine Pause. Melina sah eine dunkle Wolke auf sie zukommen, nein, eine Wolke aus Vögeln, die Laut kreischend direkt auf sie zu flog. Die Elfin stieg auf eine der vielen Dünen, stiess einen schrillen, für Menschen kaum hörbaren Ton aus und lies die Vögel vor ihr landen. Es waren kleine, braune Vögelchen, die einen weissen Bauch hatten und gelbe Schnäbel. Kurz darauf erhoben sie sich wieder und verschwanden in der Ferne, um gleich darauf, doppelt so dick, zurück zu kommen. Melina wühlte in ihrer Tasche und suchte etwas. „Wo ist dieser blöder Kamm!", dachte Melina. „Was machst du denn da mit dem Kamm? Du willst die Vögel doch nicht etwa kämmen?", Hans sah Melina verwundert an. „Doch, genau das habe ich vor. Das sind spezielle Vögel, die Wasser in ihren Federn aufsaugen. Sie haben uns gerade Wasser gebracht." Die Elfin schien glücklich darüber zu sein die Vögel

Die verdorrten Ebenen

angetroffen zu haben und sie machte sich daran das
Wasser aus den Federn der Vögel in die Trinkflaschen zu
kämmen. Doch das Wasser, dass sie am Schluss hatten,
reichte nur für eine kurze Weile. Als Melina die Flasche
gefüllt hatte war ein Funken Hoffnung aufgegangen, aber
jetzt war er wieder verloschen. Doch als sie verloren
schienen, sahen sie eine kleine Echse. Lukas wollte
schreien, weil er Echsen nicht leiden konnte, doch Sibilla
hielt ihm den Mund zu. „Vielleicht weiss diese Echse, wo
es Wasser gibt", meinte die Zauberin.

„Es tut mir leid, wenn ich Krabbeltierchen nicht ausstehen kann", sagte Lukas.

Melina versuchte mit der Echse zu kommunizieren. Die Echse brachte sie zu einer Wasserquelle, bei welcher es nebendran Büsche mit Beeren gab. Sie bedankten sich bei der kleinen Echse.

Plötzlich hörten sie drei Schreie hintereinander und spürten danach, wie die Erde erbebte. Sie sahen Gestalten, so gross wie Hans, nur nicht so grün, obwohl man dies durch die dunklen, mit Stacheln versehenen Rüstungen nicht sehen konnte. „Kriegerorgas", stellte Hans fest und Melina entgegnete: „Woher willst du das denn wissen?" „Am Hafen kam ich zu spät, weil ich noch mit einem alten Mann darüber geredet hatte. Er sagte mir, dass grosse, seltsame Wesen so heissen. Woher sie kommen, weiss aber niemand." Sie sahen schon von weitem ihre riesigen Streitäxte. So dunkel und düster wie die Nacht, so dunkel wie die Orgas selbst. Auch ihr Gang war unheimlich; fast leblos, doch sie taten es. „Haben sie denn keine Feldflaschen? Ich kann keine entdecken!", fragte Lukas überrascht. „Nein" meinte Hans, „ohne Feldflasche, etwas zu essen oder Wachwechsel stiefeln

Kriegerorga mit Axt

sie herum, rund um die Uhr…"-„Hm, ohne Wachwechsel wird es zwar schwierig, aber unmöglich sollte es nicht sein", antwortete Sibilla. Nun planten sie den Vorgang. Sie teilten sich in zwei Gruppen auf: die erste Gruppe bestand aus Hans und Sibilla, die zweite bestand aus Lukas und Melina, die sich verstecken würden, bis die anderen beiden die Kriegerorgas besiegt hatten. Sie hatten 10 Minuten Zeit um die Kriegerorgas zu be-kämpfen, denn wenn die Sonne unterging, hätten die Kriegerorgas Vorteile, da sie gelernt hatten, im dunklen zurecht zu kommen. Während Hans und Sibilla los-gingen, meckerte Lukas vor sich hin „Ich habe Hunger!", schmollte er. Melina bekam von Lukas Kopfschmerzen, weil er ihr dauernd auf die Nerven ging. Sie musste die Kräutervorräte prüfen und auffüllen, um die Wunden nach dem Kampf heilen zu können und sie konnte sich nicht konzentrieren, wenn Lukas sie die ganze Zeit ab-lenkte. „Das wird deinen Hunger stillen.", Melina hielt dem Kobold ein raues, dunkelgrünes, bitter schmeckendes Blatt vor die Nase, welches mit Beilage von Lukas` Grimassen verzehrt wurde.

Währenddessen lockten Sibilla und Hans die Orgas mit ihren Essspuren an, damit Sibilla sie versteinern und

Hans sie mit seiner Streitaxt, die er in der rechten Hand hielt, zerschlagen konnte. Der Plan ging aber nur mit Komplikationen auf, denn die Kriegerorgas versteinerten nicht sofort. Ein grosser Krieger widersetzte sich dem Versteinern seines Körpers und schwang sein langes Schwert mit einem Schrei auf Hans, der den Angriff mit seiner Axt abwehrte und den Krieger an der Schulter traf. Doch dieser ignorierte den brennenden Schmerz und stach das Eisen seines Schwertes in Hans' Bein, bevor er langsam und qualvoll zu Stein erstarrte. Hans zerschlug ihn mit einem kleinen Schmerzensschrei und mit Hilfe Sibillas verarbeitete er auch die anderen zu Kiesel. Langsam gingen sie zurück zu ihrem provisorischen Lager und liessen sich die Wunden von Melina heilen. Diesen Kampf hatten sie gewonnen.

5. Kerberos

Sie gingen nun schon eine weite Strecke, waren müde und durstig, doch sie mussten vorankommen und gingen weiter. „Oh nein", schrie Lukas, „Kein Wasser, wir werden verdursten, wir werden nicht überleben." „Warte und sei still, Lukas." Der Kobold hörte, wie über Melina ein Vogel flog und wie sie mit ihm redete. Er fand es immer noch komisch, dass Melina mit den Tieren sprechen konnte, doch so langsam gewöhnte er sich daran.

„Es wird regnen", sagte der Vogel und Melina wunderte sich, woher er das wohl wüsste. Doch als sie ihn fragen wollte, flog er schon weg. Graue Wolken bildeten sich am Himmel. „Er hatte Recht", flüsterte Melina leise und freute sich. „Wir müssen die Flaschen füllen", sagte Lukas und rannte herum, in der Hoffnung, dass er die Flaschen füllen könnte, doch es kam nicht viel Wasser in die Flaschen. „Wo ist Sibilla?", fragte Hans und hinter einem Busch sahen sie wie sich eine Gestalt bewegte. Die Blätter am Gebüsch bewegten sich. Die drei gingen langsam dorthin. Sie hörten eine Stimme: „Kommt näher." Und da wussten sie, dass es Sibilla war. Grosse, grüne Blätter zu einem Trichter geformt, eine sehr gute Idee, die sie hatte und alle machten sie nach, so wurden die Flaschen schnell aufgefüllt. Sie füllten vier Wasserflaschen.

Sie gingen mit vollen Flaschen weiter. Melina hörte, dass von weitem etwas schrie. Es war kein gewöhnlicher Schrei, sondern ein tiefer, lauter und ängstlicher Schrei. Der Schrei wurde immer lauter. „Hört ihr dieses Gebrülle auch?", fragte Melina deswegen. „Ja", bestätigte Hans. Erst dann bemerkte er, dass die anderen vor Angst bleich im Gesicht wurden und dass sie am ganzen Körper zitterten, aber sie vertrauten Melina. Hinter einem weiteren Gebüsch blieb die Elfin abrupt stehen. Ein fürchterliches Untier mit drei Köpfen, scharfen Krallen und spitzen Zähnen. Das hundeartige Tier war vor dem Eingang des Gebirges angekettet. Melina konnte das ohrenbetäubende Gebrüll nicht mehr mit anhören. „Ich muss mit den Ungeheuer sprechen", meinte Melina. „Können wir nicht einen anderen Weg nehmen?", fragte Hans. Auch für den Zyklop war das Monster zu gross, zu stark und zu mächtig, um sich ihm zu stellen. „Es gibt keinen anderen Weg.", murmelte Melina. Die Schwarzhaarige stand alleine auf und ging mit zitternden

Kerberos

Beinen zu dem dunkelblauen Wesen. Als Melina vor dem
Untier stand, wurde es leise. „Was macht sie denn so
lange? Ich habe ein schlechtes Gefühl", flüsterte Hans,
eher zu sich selbst. „Wir müssen ihr zu Hilfe kommen,
wenn sie uns braucht.", sagte Sibilla. Gerade als sie beschlossen hatten, Melina zu helfen, kam die Elfin
lächelnd zurück. „Holt eure Wasserflaschen aus den Gepäck", befahl Melina. „Ich will dir meine Wasserflasche
nicht geben", sagte Lukas genervt. „Wir können sonst
nicht durch", meinte Melina wütend. „Ich brauche

Wasser, damit sich der Kerberos beruhigen kann." Melina ging erneut zu dem Untier und probierte, mit ihm zu reden. Die anderen drei warteten verzweifelt, bis sie Melinas Rufe hörten. Sie sollten zu der Wald-Elfin gehen, was sie auch taten. „Er ist eingeschlafen, seid still", flüsterte die Elfin, die anderen gehorchten ihr und somit schlichen die Abenteurer an Kerberos vorbei, auf dem Weg zum nächsten Gebirge.

6. Das Tränengebirge

Nun waren sie an Kerberos vorbei gekommen und sie
sahen dunkles, raues Gestein sich zum Himmel er-
strecken. Diese Berge waren höher und düsterer als die
Berge der Adlerschlucht, was bedeutete, dass Sibilla sich
noch mehr überwinden musste. „Hilfe!", immer dieser
fürchterliche Hilfeschrei, der die Zauberin plagte. Aus der
Ferne kamen plötzlich Rufe, um genauer zu sein: Schreie
der Kriegerorgas, die die vier Abenteurer jagten. „Schnell
ins Gebirge, dort werden sie uns nicht mehr verfolgen!",
kreischte Lukas in Panik und rannte zwischen die un-
heimlichen Wände der Berge. Die anderen drei folgten
ihm ohne darüber nachzudenken, dass das bedeuten
könnte, dass es kein Zurück mehr gab. Jetzt standen sie
da, und es wurde ihnen klar, dass die Kriegerorgas sie
weiterhin verfolgen würden. Schnell tastete Sibilla den
Weg ab. „Was machst du?", Lukas sah sie verwundert
an. „Ich suche einen kleineren, unbekannten Weg, auf
dem uns die Kriegerorgas nicht mehr verfolgen können.
Ich erinnere mich, einen verborgenen Weg auf der Karte
gesehen zu haben", murmelte die Zauberin konzentriert
und fand auch schon bald einen kleinen, etwas schmalen

Weg. „Gute Idee!" Hans freute sich, nicht den ganzen Weg rennen zu müssen und trat als erster auf ihre neue Route.

Nach einem kurzen Stück hörten sie Geschrei hinter sich, doch das kümmerte sie nicht besonders. Dieser Weg war zu gut versteckt um ihn ‚aus Versehen' zu finden. Die Angst erlosch ein wenig bei Dreien, nur Sibilla zitterte noch, doch nicht wegen der Kriegerorgas, sondern wegen Erinnerungen, die ihr immer noch das Leben schwer machten. Sie wussten noch nicht, dass das Gebirge gefährlich war, doch es liess sie erschaudern. Alle beschlossen den schmalen Weg nach oben weiter zu gehen, aber Lukas drückte sich davor, denn er hatte Angst, da sein Pech schon in der Adlerschlucht ihn verfolgt hatte. Hans wurde wütend, weil Lukas ein Angsthase war und somit ihrer aller Sicherheit gefährdete. Danach ging er hinter Lukas und gab ihn einen Schubs. „Entweder du gehst mit uns oder du teilst dir den Weg mit den Kriegerorgas. Deine Wahl!" Durch den Schubser fiel der Kobold wieder einmal hin. Lukas wusste, dass er keine andere Wahl hatte und kam zum Schluss doch mit. Als sie dort waren und einen hohen Hügel mit grossen Augen bewunderten, fiel ihnen auf,

Im Tränengebirge

dass er steil war, sogar sehr steil. Aber die Gruppe wollte
nicht aufgeben und fing an, hinauf zu klettern, obwohl sie
glaubten, es niemals zu schaffen. Nach einiger Zeit
kamen sie endlich an einer Berghütte an und erblickten
sofort die Fackeln, die am anderen Ende der Wand
hingen. Hans nahm eine der Fackel in die Hand und bewunderte die Gemälde, die an der Wand aufgehängt
waren. Sibilla und Melina folgten dem Blick von Hans.
Lukas, der Pechvogel, wunderte sich gar nicht über die
anderen, stattdessen schaute er auf seinen Arm, der von

vielen Blutwunden bedeckt war. Er erhob sich und stand jetzt genau neben den anderen, die Melina immer noch anblickten. Alle vier standen jetzt eng zusammen in einer Reihe und wussten nicht was sie machen sollten, weil Sibilla immer noch mit offenem Mund da stand und kein Wort von sich gab. Sibilla konnte sich an ihre Kindheit erinnern. Ihre Eltern hatten früher immer gestritten und sie hatte immer Tränen in den Augen gehabt. Melina tröstete sie ein wenig, weil die Zauberin ihr das mit den Eltern schon gesagt hatte. Es war ein trauriger Abschnitt in Sibillas Leben, aber sie konnte und musste damit leben. Die vier Freunde versteckten sich hinter einem grossen Felsen und überlegten den nächsten Vorgang. Sie planten, dass sie sich am Platz vorsichtig vorbei schleichen und hinter den Gebüschen verstecken würden. Die Kriegerorgas befanden sich am Lager und brieten ein saftiges, braunes Schwein, welches man mehrere Meter weit riechen konnte. Lukas wurde vom Geruch wie hypnotisiert und seine Pupillen wurden grösser. Er starrte das Schwein an und Melina wusste, dass etwas nicht in Ordnung war. Sie schaute ihm in die Augen und sah wie sich das gebratene Schwein in Lukas' Augen spiegelte. Sibilla bemerkte, dass Kleider an den Büschen hingen. Lukas sagte zu seinen Freunden: „Hört zu! Ich habe eine gute Idee. Ich zieh den Tarnanzug an und versuche die Orgas abzulenken, während dem Sibilla sich unsichtbar macht und das Schwein vom Lager klaut. Hans und Melina nehmen alle Kleider von den Büschen mit und warten." „Seit wann kann Lukas so gut planen?", fragte Hans darauf hin und Lukas antwortete ihm: „Wenn es um Essen geht, mache ich alles." Lukas fing an und alles lief wie geschmiert. Die Kriegerorgas waren tatsächlich in die Falle getappt. Lukas, Sibilla, Melina und Hans hatten ihre Arbeit getan und flüchteten gemeinsam vom Lagerplatz.

Lukas mit Tarnmantel

7. Karnabons Schloss

Melina lief voraus, auf einem Weg, belegt mit Kiesel-
steinen. Über ihr bedeckten dunkle Wolken den Himmel,
doch es regnete nicht. „Gibt es hier nicht irgendwo
Höhlen?", fragte Hans ungeduldig und Melina drehte sich
zu ihm um. „Es sollte", begann sie, „aber ich weiss nicht,
wo. Haltet die Augen offen." Hans nickte und probierte
sich auf kleinere Einbuchtungen zu achten. Es gab viel
Schatten, doch die kleine Truppe war noch längst nicht
sicher, da die Wolken sich jeder Zeit verziehen und die
Sonne jeder Zeit hervor kommen konnte. Lukas lief nun
neben Melina her, doch die Elfin nervte das, da er die
ganze Zeit über seine eigenen, grünen Füsse stolperte.
Fast hätte Melina einen Streit angefangen, dann aber
berichtete Sibilla: „Leute, hier gibt es eine Höhle." Die
Freude in ihrer Stimme war zu hören und mit ihrem Stab,
mit der blauen Kristallkugel obendrauf, deutete sie auf
den Höhleneingang. Lukas hörte auf zu stolpern und beobachtete den Zyklopen, wie er sich duckte und die
Höhle betrat. „Es ist ziemlich dunkel.", stellte er fest, in
seiner Stimme war ein leichter Tonfall von Dummheit zu
hören. „Ach `ne.", gab Sibilla spöttisch zurück und kroch

ebenfalls in die Grotte. Melina und Lukas folgten ihr und der kleine Kobold zündete ein Streichholz an. „Hoffentlich verbrennt er sich nicht.", dachte Melina und beobachtete ihn. An der steinernen Wand hingen einige Spinnengewebe und Fledermäuse lauerten an der Decke. Melina wollte den Fledermäusen sagen, dass sie sich nicht bewegen sollten, doch sie hatte Angst, dass sie schliefen und sie die armen Tiere aufwecken würde oder sie vor Schreck losfliegen würden. „Also", begann Hans nun, „wie fahren wir fort?" Er schaute mit seinem braungrünen Auge in den Kreis, in dem sie sassen. Die Flamme des Streichholzes flackerte und tanzte, daher nahm Sibilla das Streichholz in die Hand, in der Annahme, Lukas hätte es fallen gelassen.

Sie beschlossen, dass zwei in das Schloss gehen mussten. Melina bestand darauf, dass Sibilla gehen sollte, da sie sich schliesslich für zehn Minuten unsichtbar machen konnte. Doch sie wollte nicht alleine gehen und fragte, wer mitkommen würde. Nun gab es Rangeleien zwischen Hans und Lukas, doch Sibilla beschloss: „Lukas kommt mit. Er hat noch nicht gekämpft und soll es nun." Hans verstummte und blickte den Knirps an. Die Wut funkelte in seinem Auge. Lukas allerdings lachte und freute sich. Die Gruppe hatte nun nichts mehr zu tun und somit nahm Hans ein paar Beeren, die vom Wald übrig waren und ging aus der Höhle raus. Er blickte sich um und sah einige Bäume, beziehungsweise Baumstämme, die umgefallen sein mussten und stemmte sie aufeinander. Dann kletterte er auf diese, um die weitere Umgebung betrachten zu können. Die anderen folgten ihm und taten es dem Zyklopen gleich. Sie sassen nun also auf Baumstämmen und betrachteten das unheimliche, dunkelgraue Schloss Karnabons. Das Schloss hatte ein grosses Tor mit kugelförmigen Verzierungen aus Stein, auch die äussere Ringmauer war aus Steinen gebaut. Es gab vier gleich grosse Türme, auf welchen es mehrere Kriegerorgas gab, die das Schloss bewachten. Sie waren müde und hatten Angst, weil sie dachten, dass sie erwischt werden könnten. Nachdem sich Lukas vollgefressen hatte, ging er mit der Zauberin los in das Schloss. Sibilla, die sich unsichtbar machen konnte gab Lukas den Tarnmantel, doch sie warnte ihn schon, dass sie nur zehn Minuten Zeit hatten. „Und wie können wir uns sehen?", fragte Lukas. „Wir brauchen ein Geräusch, damit ich weiss, dass du nur noch wenig Zeit hast, um unsichtbar zu sein." „Ich pfeife dreimal, dann weisst du, dass wir gehen müssen", antwortete Sibilla. Das Fenster stand offen und sie kletterten hinein. Schon beim ersten Blick der das Schloss bat, fanden der Kobold und die Zauberin es unheimlich und düster. Überall standen Kriegerorgas, die das Schloss beschützten. Die zwei Unsichtbaren suchten nach dem Zimmer von Karnabon. Ein düsterer Gang führte zu dem Zimmer, doch genau in diesem Moment merkte Sibilla, dass sie nicht mehr viel Zeit hatten. Sie pfiff dreimal und spürte Lukas` Hand, wie er sie nahm. Sibilla und Lukas suchten das Fenster. Sie hatten keine Zeit mehr und genau in dem Moment, als sie aus dem Fenster sprangen wurden sie sichtbar.

Auf einmal kamen die Wächter und sagten, dass sie was gehört hätten. Karnabon sagte blitzschnell: „Untersucht das Schloss! Schickt mehr Wachen! Überwacht das Nebenzimmer und passt auf, dass keiner rein kommt, bevor ich euch alle umbringen werde!"

Die Wachen machten das, was Karnabon ihnen befohlen hatte. Das ging zackig und schnell. Auf einmal waren rund um das Schloss herum viele Wachen verteilt. Zum Glück waren Lukas und Sibilla schon draussen. Sie betrachteten von der Ferne die Wachen, die vor dem Schloss wie angewurzelt da standen. Sie wussten jetzt genau, dass sie keine Chance mehr hatten, wieder da rein zu gehen.

Schnell gingen sie zu ihren Freunden. „Schneller Sibilla!", schrie Lukas. „Ich kann nicht mehr und ausserdem sind wir sie schon lange los", antwortete sie ausser Puste. Bei den anderen angekommen setzten sie sich hin und fingen gleich an zu erzählen. „Wir mussten uns vorsichtig anschleichen, ein langer Gang führte uns zu einem Zimmer, eine grosse Tür verschloss das Zimmer.", sagte Lukas. „Wir sahen auch noch etwas Dunkles als wir weg-gehen wollten. Es war ein Nebeneingang und ich habe auch schon einen Plan wie wir ins Schloss hinein kommen. Ich werde mich irgendwie anschleichen und schauen ob die Luft rein ist, dann gebe ich euch ein Zeichen und ihr kommt mit Lukas ins Schloss. Wir gehen dann gemeinsam durch den Nebeneingang." Es wurde schnell dunkel. Sie bekamen Angst, weil sie fast nichts mehr sehen konnten. Jede dritte Sekunde verletzte sich einer an der Felswand beim Hochklettern. Sie mussten gut aufpassen, weil die Kriegerorgas auf dem Schloss herum liefen. Sie waren fast beim Schloss angekommen, als Sibilla sagte: „Hinter diesem Felsen hat es einen Nebeneingang, wo sie die Waren eingeben, aber alle ausser Hans passen durch." Die drei gingen durch den Nebeneingang. Sie wussten, dass der Nebeneingang nicht bewacht wurde. Hans nahm den Tarnmantel und ging durch das Tor durch. Er schlich sich an den Wachen vorbei und ging zum Nebeneingang. Hans sah Lukas' Keule auf dem Boden liegen. Er rannte hinter die Fässer, wo die anderen sich offensichtlich versteckten. Sie hatten furchtbare Angst, weil eine Horde von Kriegerorgas durch kam. Zum Glück hatte Hans noch den Tarnmantel an, sonst hätten sie ihn gesehen. Hans zog den Tarnmantel dann aus und sie sahen ihn jetzt. Es waren lange Gänge im Schloss, man dachte fast, man wäre in einem Labyrinth. In jedem Gang hatte es zahlreiche Türen. Eine der Türen war offen. Es war eine Waffenkammer. Lukas wollte unbedingt ein paar der Waffen ausprobieren und mitnehmen, also ging er rein. Plötzlich fielen alle Waffen auf den Boden. Die vier erschraken und suchten ein Versteck, weil sie schon die Wachen hörten. Die Wachen kamen in die Waffenkammer. Ein Kriegerorga hatte den Fuss von Lukas gesehen und dabei auch alle anderen drei, also brachten die Kriegerorgas sie mit Fesseln zu Karnabon.

8. Das Ende

Karnabon sass da, furchteinflössend und selbstsicher.
Ohne Rüstung, zu arrogant eine zu tragen. Die Kleidung
von schwarz, edel, düster. Ein innen roter und aussen
schwarzer Umhang umhüllte ihn. Schwarze, lange
Lederhandschuhe bedeckten seine Hände. Ein
schwarzes Gewand umschlang den Rest seines Körpers.
Die Atmosphäre war bedrückt durch den Zorn und die
Wut in seinen Augen. Der Thron, auf dem er sass, bestand aus dunkel violetten, fast schwarzen Kristallen. Die
vier Freunde wurden gefesselt und in einen grossen
Käfig gebracht. Hans, der grosse, mutige Zyklop, bekam
weiche Knie. Melina blickte zu Hans und dachte, dass
irgendetwas mit ihm nicht stimmte. Sie überlegte, was mit
ihm los war, doch Karnabon unterbrach sie mit lauter
Stimme: „Hört zu, meine Freunde! Jetzt gibt es ein
grosses Festmahl, bevor ihr sterben werdet." Hans fühlte
sich nicht gut. Melina beschäftigte immer noch, was mit
Hans los war. Währenddessen brachten die Orgas das
Essen in den Käfig. Der Käfig diente dafür, dass die vier
Freunde nicht flüchten konnten. Das war das edelste und
schönste Essen, das sie je gesehen hatten. Es gab viele

Karnabon

tolle Gerichte. Lukas war traurig, dass das sein letztes Essen war, doch dann fiel ihm ein, dass wenn er essen würde, er stark werden würde. Ein Lächeln breitete sich auf Lukas` Gesicht aus. „ Was ist?", fragte Sibilla verwundert. „Lasst uns essen!", gab Lukas zurück. Er betrachtete das Festmahl. Vor ihm lag ein Tablett mit diversen Gerichten eines davon war gebratene Wurst, ein Teller voll Salat und ein anderer bestand aus Früchten wie zum Beispiel: Äpfel und Birnen. Als Dessert gab es Schokokekse. Zum Trinken gab es Wein. Hans lief das Wasser im Mund zusammen und er nahm das Silberbesteck, welches neben dem Früchteteller lag, in die Hand. Die anderen machten es ihm nach. Als sie zu essen anfingen, bemerkte Melina, wie Lukas langsam stärker wurde. Sie teilte es der Gruppe mit und alle gaben Lukas noch mehr Essen. Zuerst war das Fleisch weg, danach die Früchte. Als Melina den Salat anrühren wollte, merkte sie, dass er giftige Kräuter enthielt und bedeutete es den anderen, indem sie den Kräutersalat auf den Boden kippte. Nun nahmen sich alle je einen Schokokekse und Lukas trank den Wein zu ende. Seine Muskeln wuchsen und er lief zu dem Gitter des Käfigs. Er blickte sich um und schaute, ob die Kriegerorgas oder

Henkersmahlzeit

Karnabon in der Nähe waren. Es war nichts zu hören und nichts zu sehen, also verbog er das Gitter mit blossen Händen, so dass alle durch gehen konnten. „Schnell wir stellen ihnen eine Falle!", sagte Sibilla.

Mit einem Knall schoss die Tür zum Saal auf und hinterliess ein gespenstisches Schallen. „Wo sind die Gefangenen? Findet sie!", Karnabons Befehl durchdrang das laute Pulsieren von Lukas' Herz und drang in seine Ohren. Momentan war er hinter einer leeren Ritterrüstung und blickte auf das Versteck, in dem Hans sich befand, hinter dem riesigen Thron. Dann wanderte sein Blick auf einer der Waffenständer, hinter dem sich Sibilla versteckte und zu guter Letzt sah er nach oben und blickte auf Melina, die sich am Kronleuchter fest hielt und ihre Augen nicht von Karnabon lassen konnte. Wie abgemacht nahm Sibilla Waffen und schickte sie ihren Freunden, mit Ausnahme Melina, die immer noch an der Decke baumelte. Wie Blitze rasten Zyklop, Kobold und Zauberin bewaffnet aus ihren Verstecken und griffen ohne Furcht ihre Gegner an. Hans schwang tapfer seine Axt und köpfte einen der Krieger, während Lukas einen anderen mit der Keule bearbeitete und Sibilla ihren Zauberstab suchte. Der dritte Krieger jedoch posaunte mit seinem Horn einen Alarmruf und in der Zwischenzeit sass Karnabon auf seinem Thron und be- obachtete das Gemetzel. Nun öffnete sich die grosse Eichentür zum zweiten mal und fünfzig weitere Verteidiger Karnabons rannten in den Raum. Zum Glück fand Sibilla ihren Zauberstab und ihren Dolch und kam ihren kämpfenden Freunden zu Hilfe. Ihr Dolch blitze im Mond- licht auf, als sie einem muskulösen Krieger ins Herz stach und sich dem nächsten Gegner stellte. Doch an Karnabon, der immer noch ohne mit den Wimpern zu zucken den

Kampf beobachtete, traute sich keiner heran. Nun stürzte Melina von der Decke zu Boden und hielt einen spitzen Juwel in der Hand. Jetzt stand sie also vor dem mächtigen bösen, Herrscher von Mysantis und blickte ihm erbarmungslos in diese kalten, furchtlosen Augen.

„Stopp! Haltet die drei von mir fern!", erklang die tiefe Stimme Karnabons und lies alles erfrieren. „Melina, es tut mir Leid, dass ich dich zuerst in den Käfig gesteckt habe. Verzeihst du mir?", ertönte erneut der Klang von Karnabons Stimme, ein wenig Spott lag im Unterton und der eiserne Blick fixierte die zarte Elfin.

„Woher kennt er ihren Namen?", flüsterte Lukas der Zauberin fragend ins Ohr, doch diese zuckte nur mit den Schultern und auch Hans schien nichts darüber zu wissen. Melina antwortete nicht. Sie starrte nur in seine Augen, in die Augen von Karnabon. Dieser fragte erneut, ob Melina ihm verzeihen würde, diesmal bekam er eine Antwort. Allerdings war es eher eine Gegenfrage: „Wie konntest du nur?" Tränen schlichen sich in die blauen Augen der Wald-Elfin.

„Ich habe nur das getan, was für mich das Beste war.", meinte Karnabon darauf hin gelassen, doch Melina war kurz vor dem Ausrasten.

„Wie konntest du uns nur so verraten? Die Wald-Elfen hatten dir Vertraut und du hast ein ganzes Dorf – einfach so – kaltblütig ermordet!", schrie sie.

„Ich habe es halt getan, na und?" Er gähnte gelangweilt.

„Wen kümmern solche armseligen Seelen, die einem Fremden vertrauen, nur, weil er etwas geschworen hatte?" Wut quoll aus Melina heraus, so wie Lava aus einem Vulkan, und ihre Freunde, die das alles miterlebten, waren sich bei einer Sache sicher: Könnten Blicke töten, wäre von Karnabon nichts mehr übrig.

Erinnerungen stiegen in Melina auf und rissen Sibilla, Lukas und Hans mit sich. Nun sahen alle vier ein friedliches Dorf. Kinder spielten auf dem Hof, die alten Damen tratschten darüber, wer zueinander passen würde und wer nicht und die Männer belehrten die Jugendlichen oder gingen in den Wald. Kurz: Ein glückliches Elfendorf. Doch da war noch etwas Ungewöhnliches. Ein riesiger Goldhaufen dehnte sich neben dem Dörfchen aus. Der Grund dafür war eine Goldmine unter dem Häuschen. Auf einmal ein Feuer, es verbrannte alles. Einige Elfen rannten panisch aus dem Dorf, doch die meisten verbrannten sich. Dann ein Schlag, Klingen durchbohrten die übrigen Elfen, nur ein kleines Mädchen mit langen, schwarzen Haaren

und blauen Augen versteckte sich unter einem umgestürzten Baum mit einem ebenso kleinen Jungen mit
braunem Haar und grünen Augen. Beide starrten entsetzt
auf die Leichen und das niedergebrannte Dorf. Da war er,
Karnabon. Seine Kleidung mit Blut bespritzt und mit einem
eiskalten Grinsen. „Nehmt das Geld und lasst uns ver-
schwinden.", brüllte der Triumphierende. Eine ihm ähnliche
Gestallt trat neben ihn. „Diese dummen Elfen haben dir
wirklich geglaubt, als du ihnen geschworen hast, mit ihnen
in Frieden zu handeln, Bruder! Jeder von uns bekommt
mindestens zehn Kilo Gold." Der Junge der anscheinend
Karnabons Bruder war wirkte jünger und hatte einen Hauch
von Naivität in seinem Gesicht. „Du bekommst nichts!",
fauchte Karnabon jedoch und stach ihm die Naivität mit
dem Schwert aus dem Gesicht. Er wurde durch diese Sucht
der Macht kalt und Gefühlslos. Macht und Gier waren es,
die aus seinen Augen sprühten und sein herzloses Lachen
beendete diese Erinnerungen ruckartig.
Erschüttert keuchte Sibilla, die sich schützend an ihren lieb
gewonnenen Kobold drückte und auch Hans war bleich vor
Entsetzen geworden. Blutgestank hing in der Luft und den
dreien wurde nun klar, warum Melina mitgekommen war.
Um Rache zu nehmen, Rache für hunderte ihrer Art. Der

Juwel in der Hand der Elfin schimmerte im Mondlicht und bemalte die Wände mit einem leuchtenden Muster. „Ich nehme an du willst dich rächen." Karnabon sprach so eintönig, dass es fast schon traurig war. „Nun mach schon! Stoss mir den Juwel in die Brust und nicht nur Mysantis, sondern auch ich werde von dem Teufel in mir befreit sein!" Er sass immer noch auf seinem Thron und rührte sich nicht. Nichts rührte sich und es schien, als wären alle zu Eis gefroren. „Nein!", Melina lies den Juwelen zu Boden fallen, wo er in tausend winzige Stücke zersplitterte und sich über den Boden verstreute. „Ich habe geschworen kein Blut zu vergiessen und ich halte mich daran! Aber ich habe kein Herz aus Stein und werde deinen Leben ein Ende setzen, nur nicht durch mich!", unerwartet stürmten fünf schneeweisse Adler durch das Fenster und warfen sich auf den bösen Herrscher. Sein Schmerzschrei klang eher wie eine Befreiung in den Ohren der Retter, bis dieser Schrei erstickte und der Kopf zu Boden fiel. Melina blickte in die toten Augen des Geköpften und der bleiche Marmorboden färbte sich rot, Blutrot. „Ich glaube, unsere Reise ist zu Ende", murmelte Hans irgendwie enttäuscht, dass nun alles vorbei war. Unerwartet liessen die Kriegerorgas die vier los und verbeugten sich vor ihnen. „Zum Dank der Befreiung

wollen wir euch ein Schiff geben", sagten sie im Chor.
„Gut", meinte Melina und überprüfte sorgfältig die Wunden
ihrer Freunde. Mit ihren Kräutern waren die Wunden
schnell verheilt. Melina blickte noch einmal auf die Leiche,
dann verliess sie den Raum.

Es dauerte ein paar Tage bis das Schiff fertig war. Es war
ein grosses Schiff aus hellem, glattem Holz. Die
Kriegerorgas schoben das Schiff ins Meer und die
Abenteurer gingen darauf. Sie blickten sich noch einmal
um, da sagte Melina: „Wunderschöner Ort, werdet ihr ihn
vermissen?" „Nein, hier ist es irgendwie unheimlich",
antwortete Lukas. Das Schiff fuhr los und die Abenteurer
winkten und schrien: „Auf Wiedersehen!"
Hans sass auf einem Mast des Schiffes und sah ein wenig
eifersüchtig auf Sibilla und Lukas, die zusammen auf dem
Deck sassen und sich in die Augen sahen. „Wie kann
jemand so kleines in mir so grosse Gefühle erwecken?",
grinste die Zauberin den Kobold an und sie umschlangen
gegenseitig ihre Hände. Für eine Weile versank Lukas in
den klaren, tiefen Augen der blonden Schönheit. Dann
löste er sich und wurde rot, soweit dies ging. Langsam
wanderten seine Lippen zu der Zauberin und er küsste sie

sanft. Nun sah Hans wieder weg. Dies war nicht seine An-
gelegenheit. Und wieso sollte ihn seine Einsamkeit noch
mehr plagen? „Land in Sicht!", hörte man auf einmal
Melinas Freudenschrei und Hans zuckte zusammen.
Eigentlich sollte er schauen wann das Land kommt, doch er
war zu abgelenkt gewesen. Jetzt starrte er durch sein Fern-
rohr und sah in der Mitte des Sonnenaufgangs den kleinen
Hafen, an dem ihre Reise begonnen hatte. Er blickte nach
unten und sah wie alle drei, froh darüber, dass sie nach
Hause konnten, plapperten und lachten. „Komm zu uns
herunter!", lud Melina Hans ein. Kurz darauf war er bei
ihnen und feierte mit. Ein grosses Fest wurde für die vier
veranstaltet, als sie ankamen. Als erste stieg das neue
Pärchen aus, dann der Zyklop und als letztes Melina.
„Melina! Du hast es geschafft!", wurde die Elfin mit einer
Umarmung von einem braunhaarigen Elf begrüsst. Hans
sah den Mann, der Melina umarmte, unsicher an. Irgendwie
kam er ihm bekannt vor und jetzt, da er seine blatt-grünen
Augen sah, wusste er, dass er der Junge war, der sich mit
Melina versteckt hatte, als Karnabon das Elfendorf zerstört
hatte. Laute Musik erklang und die Menschenmenge fing
an zu tanzen. Schnell drückte der braunhaarige der Elfin
einen Schmatzer auf den Mund und gesellte sich mit ihr zu

Lukas und Sibilla auf die Tanzfläche. Nur Hans sass an einem Tisch und schlürfte einsam ein Bier. „Was macht denn ein Held wie du alleine?", lächelte ihn ein hübsches Mädchen an. Sie hatte ganz helle Haare und braune Augen, ein grünes Sonntagskleid und weisse Schuhe. „Darf ich dich um einen Tanz bitten?", fragte sie und hielt ihm die zarte Hand hin. Er hievte sich hoch, liess sein Bier stehen und tanzte vergnügt mit dem wunderschönen Mädchen. Und so tanzten sie bis in die späte Nacht hinein.